Nelson Cruz

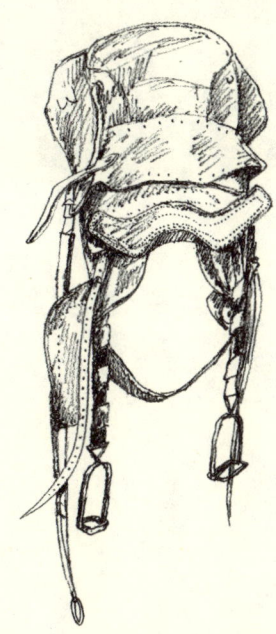

NO LONGE DOS GERAIS

A história da condução
de uma boiada no interior de
Minas Gerais no ano de 1952

São Paulo 2023

ÔZé

Janeiro
Inhosinho
Pilões
Córrego da Extrema
Córrego Fundo
Saltinho
Capão da Ema
Capim Pubo
Morro da Garça
Pindaíba
Vargem Grande
Picão
Rio das Velhas
Córrego do Picão
Córrego da Fazenda
Espigão
Córrego da Torna
Fundo do Saco
Volta Grande
Saco Novo
Cupim
Monteiro ou Moraes
Córrego da Fome
...reiro do Mato
Fazenda do Juvenal
...riti da Cachoeira
Cordisburgo
Taboquinha
São Tomé
Ribeirão do Onça
Capão do Defunto
Araçaí

Era o Tião Leite, o Santana, o Sebastião de Jesus, o Gregório, o Manuelzão, o Bindoia, o Chico Moreira, eu e o João Rosa. Tem o Aquiles também, um bom violeiro. Ah, e um rapazinho que não é falado. Ele não saiu na reportagem, era menino, mas acompanhou todos os dias, devia ter saído.

ZITO

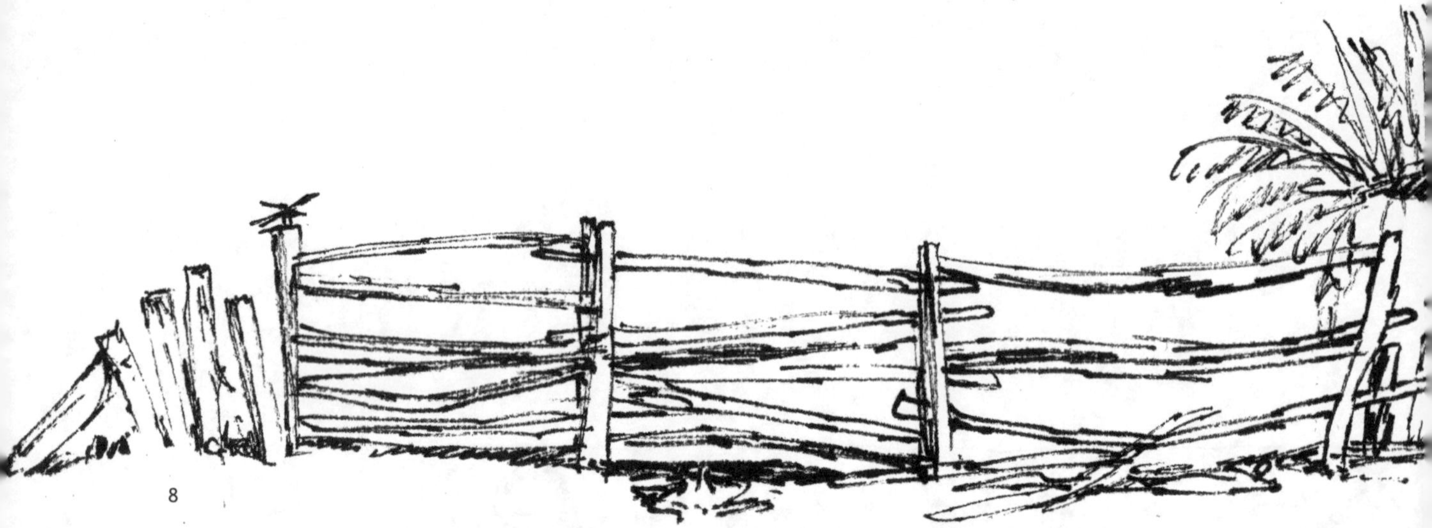

FAZENDA SIRGA

– Ei, menino!

É sempre assim que me chamam. Não sei ao certo quando cheguei à Fazenda Sirga ou se por aqui nasci. Se vim das Três Marias, Aquenta Sol, Funil ou Jataí, não sei. Mas, desde que me lembro das coisas vivas, é assim que me chamam.

– Ei, menino!

E eu, no meu silêncio, estou sempre de olho no que os vaqueiros fazem. Chamam-me de aprendiz e é isso o que sou na verdade. Ainda não sei muito da vida vaquejada, mas, nas caçadas, vou silencioso e com cuidado para não espantar os bichos. Ao redor das fogueiras, nas noites escuras, ouço atento as histórias sem fim.

– Ei, menino!
Apoiado na cerca do curral, eu me viro, rapidamente, para ver o laço do Zito esticando no ar em direção ao chifre do zebu. O animal protesta, riscando os chifres para todo lado, mas... eta! Ficou no laço. O vaqueiro balança o chapéu, agradecendo os aplausos.

Os homens trabalham na ajunta e apartação do gado. Amanhã, segunda-feira bem cedo, seguem levando a boiada para a Fazenda São Francisco, no Araçaí, lá nas Sete Lagoas. Mas hoje tem oração na Capelinha do Manuelzão, onde o Zito e o Chico Barbosa colocaram um cruzeiro alto. E depois tem a festa.

Ainda na estrada, ouço os primeiros foguetes anunciando o leilão e o início da festa. Aperto os joelhos no lombo do baio, apressando a marcha.

A capelinha está cheia e há muita gente do lado de fora querendo conhecer a imagem da Santa. Vejo por entre as pernas das pessoas o interior da igrejinha toda enfeitada, e a Nossa Senhora do Perpétuo Socorro. É uma imagem feia, coitada! Mas lá de cima abençoa aqueles que no dia seguinte vão conduzir a boiada.

Atrás de mim, ouço o Chico Moreira, o dono da boiada, cochichando com o Manuelzão, pedindo que cuide do seu primo, o escritor João Guimarães Rosa, e que não deixe os vaqueiros perturbarem o homem. Quando ele chegou à Fazenda Sirga, parecia um homem meio ao contrário. É médico, mas proibiu os vaqueiros de chamá-lo de doutor. Então, passaram a chamá-lo de João Rosa. E ele gostou.

Depois de trinta e cinco dias convivendo com o povo da fazenda, ele já estava empastado, como dizia o Manuelzão. Falava e agia igual às pessoas do lugar. Manuelzão pareceu ensimesmado com a ideia de o João Rosa acompanhar a boiada.

– Por uns dias, até aguento gente da cidade, Chico. Mas só por uns dias.

– Ei, menino!

Virei e vi o Chico Moreira olhando para mim.

– Você precisa de um batismo de boiada! Quer vir com a gente até o Araçaí?

Meu coração pulou, apertado.

– Quer nos acompanhar na boiada?

Precisei ouvir duas vezes a pergunta para responder que sim. Atrás dele, Manuelzão e Zito se entreolharam. Já bastava um escritor, agora era a vez de aparecer um menino.

Era a minha vez! Saí correndo da capelinha e, de alegria, joguei meu chapéu para cima. Os foguetes estouravam junto com meu coração disparado. No meio do foguetório, ouvi os violeiros tocando e os vaqueiros dançando um recortado. Corri para lá e juntei meus passos pequenos aos dos grandes. João Rosa estava no meio, acompanhando nas palmas e nos pés a música animada da rabeca. Do outro lado da praça, Aquiles reinava no desafio e no lundu. Ninguém ganhava dele nos versos cantados. Manuelzão contava histórias pelas beiradas da festa. Por volta de meia-noite, adormeci com a lua pequena no centro do céu.

Um pouco antes de o Sol despontar, Zito tocou o berrante. Estava pronta a primeira refeição da viagem: arroz, feijão-tropeiro, carne-seca. De dentro do paiol sentimos o cheiro da comida. Um por um, os vaqueiros foram se servindo com seus pratos e cuias. Recebemos também farinha.

João Rosa não quis. Comeu um biscoito de polvilho e tomou um copo de leite. Manuelzão comentou, preocupado:

— Trabalhar boiada é função pesada. Carece de alimento forte.

João Rosa respondeu que toda manhã esse era seu alimento. Já estava acostumado. O capataz olhou de lado, desconfiado.

Assim foi nosso primeiro almoço, às seis e meia e no friozinho bom daquela manhã de maio. Dali a pouco iríamos juntar os apetrechos, selar os cavalos e a jornada começaria em direção a Araçaí. Às dez horas, Chico Moreira deu ordem para a boiada sair. Manuelzão era o capataz e chefe dos vaqueiros. Comandava, atento:

— Vamos fazer a saída lenta, para o gado não se assustar.

— Êh, boi! Êeeboi-ê! Tchu! Tchu!

Três vaqueiros trabalham dentro do curral, impedindo que os bois formem círculo e quebrem o ritmo da saída. No fundo, dois novilhos brincam de chifrar. Chico Moreira alerta o vaqueiro:
– Êh, Santana, isola o zebu! Não deixa ele fazer roda!
Santana trabalha enérgico com sua vara de ferrão.
– Ixe! Boi graúdo! Desencosta!
– Olha o zebu raivoso! Êh-ê, boi – grita outro.
De repente, o coice certeiro no peito do vaqueiro. Ele cai quase desacordado, enquanto os homens correm para afastar o animal e socorrer o velho vaqueiro. Ele sai amparado e é levado para a cozinha da casa. A porteira vai se abrindo. Uma onda de chifres e corcovas passa na nossa frente. Saem mugindo muito, empurrando-se para todos os lados. Parecem não gostar da ideia de sair. No aperto, um bovino tenta cavalgar o outro. Os vaqueiros aboiam de jeito que o trabalho parece outra festa. A voz de Manuelzão vem em minha direção:

– Ei, menino! Cerque pelos flancos para não deixar abrir muito o corpo da boiada.

É o primeiro mandamento de vaqueiro que recebo. Seguro minha vara e vou cercando o gado nas beiradas.

– Segue a regra, boizão! Êh, Boi Bonito! Êh!

Ao mesmo tempo acompanho a movimentação dos vaqueiros e das varas trabalhando no ar.

João Rosa demonstra ser bom cavaleiro montado na mula Balalaika.

No comando do geral, vai o Chico Moreira.

Com o gado descansado, a preocupação de Chico Moreira é evitar um estouro da boiada. Por isso dobrou o número de vaqueiros na saída da fazenda. O Zito, na frente, toca o berrante; os bois esticam a guia enquanto os flanqueadores não deixam os outros se espalharem.

Os bovinos vão afunilando, fazendo o cortejo e seguindo a estrada. Na subida da serra, o pessoal da ajuda retorna para a Sirga. O céu de maio está azul e o verde do capim vai descendo as encostas. Nos buritis, as flores caem em cascatas pelos troncos. Estão cheios de sofrês e maitacas. Pássaros cantam e cantam, dando mais vida às veredas.

De vez em quando, um boi revoltado ameaça arremeter contra alguém. Nessa hora, o vaqueiro levanta a vara de ferrão e não esmorece com o marruá.

– Arrespeita, boi-vaca! Êh, tchu! Tchu! Eta!

Na guia, Zito chama a atenção para o rumo que a comitiva vai tomar. Um pouco mais atrás, Bindoia faz um verso e diverte a todos. Às vezes, uma rês quebra a rotina e vai saborear das ervas estradeiras. Logo vem um vaqueiro ordenando:

– Segue adiante, leitosa! Êeo-ho!

Ela balança a cabeça, põe os dentes para fora, ameaçando revoltar.

– Está fazendo careta! – comento.

FAZENDA TOLDA

Chegamos à Vereda da Ponte Firme. Até aqui percorremos três léguas. No olho-d'água da vereda, bebemos e esperamos o gado pastar. Estavam famintos. A paisagem ao redor e o verde-azulado dos montes são uma mistura de terra e céu. Na caminhada, os bois vão se sujando do barro das veredas e do carvão dos troncos queimados dos buritis. João Rosa se afasta e logo retorna, segurando uma folha ou frutinha. Pergunta algo aos vaqueiros, principalmente a Zito e Manuelzão. Vou me aproximando para saber do que se trata e vejo a caderneta pendurada no pescoço de João Rosa. Ele aboiava e perguntava aos vaqueiros sobre os pássaros. Anotava e depois aboiava novamente. Perguntava pelo nome das plantas e escrevia. Aboiava. Voltava e perguntava por que as nuvens eram daquele jeito ou por que certa plantinha tinha aquelas cores. Os vaqueiros explicavam pacientemente e ele, em cima da mula, anotando tudo. Manuelzão dá ordem para prosseguirmos. Passaremos na cabeceira da Vereda do José Grosso e, de lá para frente, diz ele, pegaremos um trecho ruim de cerrado com beirada de arame nos dois lados da estrada.

Às três e vinte e cinco da tarde, passamos pela Vereda da Fazenda Tolda, nossa próxima parada. Os vaqueiros comentam sobre o riachinho desviado para dentro da cozinha da casa.

– É uma preciosidade – diz Manuelzão. Os vaqueiros concordam.

Começamos a sentir um cheiro doce e estranho. João Rosa pergunta a Bindoia de onde vem aquele cheiro.

– É o desgaste dos cascos dos bovinos nas pedras.

O escritor para a mula e anota no caderno a resposta do vaqueiro. Avistamos as primeiras folhas da gameleira centenária atrás da fazenda.

A casa vai aparecendo devagar embàixo da enorme árvore. O berrante do Zito anuncia nossa chegada e, rapidamente, as porteiras vão sendo abertas e o gado vai enchendo os currais. O proprietário, Thiers, vem receber Chico Moreira; cumprimenta João Rosa e os vaqueiros. As selas são penduradas na cerca da fazenda ao lado de três gaiolas com papagaios e um paiol em construção. Atrás do grupo, vejo o famoso riachinho contornando o milharal. Por um canal de madeira ele foi desviado para passar dentro da cozinha da casa. Aqueles que ainda não o conheciam se admiram. É nele que vou saciar minha sede.

Chico Moreira chama João Rosa para entrar na casa e Manuelzão avisa que o pouso será no quarto dos fundos. Enquanto descanso dos trabalhos do dia ao lado do paiol, o sol vai desaparecendo atrás das montanhas. Do vermelho, o horizonte passa para o alaranjado. Suavemente aparecem os amarelos dourando a beirada das nuvens até que os azuis vão descendo e empurrando para baixo todas as cores.

Um movimento na frente da casa me chama a atenção: João Rosa anda lentamente de um lado para o outro. Senta-se ao lado do riachinho. Pensativo, escreve no caderno. Após alguns instantes, entra na casa.

A noite chegou. Há vozes vindo da cozinha. Ouço João Rosa conversando com Manuelzão:

– Amanhã cedo, Manuelzão, eu não quero biscoito nem leite. Vou comer a mesma comida dos vaqueiros. Quero uma feijoada com torresmo, um gole de cachaça e aí, sim, poderemos ir.

Manuelzão sorri, concordando.

Tião Leite me chama para perto dos vaqueiros:

– Ei, menino! Venha para cá trocar um dedo de prosa com a gente.

Nós nos assentamos do lado de fora da casa para ouvir as histórias e as músicas do Aquiles. E assim permanecemos até quase meia-noite.

A claridade das cinco horas da manhã foi entrando pelas frestas do paiol. Ao acordar, saúdo João Rosa. Bocejando na porta da Fazenda, o escritor pendura a caderneta no pescoço. Nada mais lhe falta para outro dia de boiada.

No pátio, Zito prepara o almoço que será servido em breve. Os vaqueiros vão chegando devagar. Cada um traz sua vasilha para receber o mesmo cardápio do dia anterior.

Atrás de nós, um galo rouco canta novamente para acordar o dia que já acordou. O céu está azul, sem nuvens e dos mais brilhantes. Nos fundos da casa, o canto das rolinhas fogo-apagou preenche o ar da fazenda.

Um gavião-pinhé vem voando baixo, pousa num mourão e canta: "Pinh, hé! Pinh, hé! Pinh, hé!". Levanta voo e pousa em cima de uma vaca. Nós nos divertimos com a cena da vaca andando e o pinhé pousado. Enquanto nos preparávamos para retomar a caminhada, percebi João Rosa andando sozinho em direção à boiada. Ele acariciava seus bois preferidos, Tarzã e Cabocla, e conversava com eles.

Voltando, João Rosa comenta com os vaqueiros que, por várias vezes, vira algumas reses fazendo uma cruz com as patas e deitando por cima. Os bezerros também fazem isso.

– Por que isso acontece? – pergunta o escritor.

– É a moda deles – responde Bindoia. – É da vida do gado e não se explica.

ANDREQUICÉ

Zito tange o berrante, interrompendo a conversa: está na hora. Começam as despedidas. Mais adiante, na estrada, vêm duas moças e Bindoia faz um verso; elas riem e se divertem com as rimas do vaqueiro poeta.

– Com seus versos, Bindoia, daria para fazer dois livros – diz João Rosa.

Os vaqueiros aplaudem e assobiam; outros aboiam. Bindoia parece orgulhoso do que ouviu. Entre cuidados e brincadeiras, a boiada prossegue até a Vereda Comprida, na região do Andrequicé Velho. Nesse ponto, Levindo e Quim, os vaqueiros da Sirga, despedem-se da comitiva e retornam para a fazenda.

No final da tarde, depois de sete horas de caminhada, instalamos o gado nos currais de um tal Geraldo do Tancredo, em Andrequicé, em frente à casa de Bindoia. Guardamos os cavalos no estábulo e vamos jantar. Os vaqueiros fazem roda, contam histórias, cantam e, na camaradagem, riem uns dos outros. Chico Moreira avisa que haverá um baile no povoado e faz-se questão da presença dos vaqueiros. Adormeço no paiol, ouvindo o som distante dos instrumentos misturando-se com os passos no assoalho antigo da casa.

São nove e quinze da manhã e os homens ainda contam as histórias do baile. O gado espera, deitado no meio da rua. Deixamos Andrequicé. A saída da boiada parece, outra vez, uma festa, atraindo a curiosidade dos moradores. Para não acontecer nenhum acidente, um vaqueiro vai adiante, cuidando da frente. Os vaqueiros aboiam para as moças nas janelas; mães seguram crianças, que se divertem acenando. Contrariando Manuelzão, até padre aparece para abençoar a boiada.

FAZENDA SANTA CATARINA

Dessa vez, o trajeto é até a Fazenda Santa Catarina, do Pedro Mendes. Zito vai adiante, apontando com o braço para onde se deve ir, e o gado obedece. O céu continua azul de festa. Na terra, capim usa o verde mais bonito. Costeamos uma vereda e os buritis animam a paisagem, balançando as folhas ao vento da manhã.

Ouve-se um tiro. Vejo o Zito com seu revólver na mão nessa hora, enquanto bandos de sofrês e maitacas assustadas voam sobre nossas cabeças e um tucano se espanta e voa para mais longe, junto com as rolas fogo-apagou.

Olho na direção de Santana, sem entender o que está acontecendo.

– João Rosa pediu que ele desse um tiro para o ar – diz o vaqueiro.

O escritor observa o revoar dos pássaros, abre a caderneta e toca a escrever.

Por volta das dez horas, atravessamos o Córrego do Capim-de-Cheiro e, ao meio-dia, passamos pela Vereda do São José. Tião Leite aponta a casa de Inácio Rocha no meio do cerrado:

– Ele tem cinco bestas e atende qualquer aurora.

Costeamos pela vereda das mais belas, com os buritis enormes e os cachos amarelos descendo como tranças douradas pelos troncos. Bandos de sofrês voam para todos os lados. As araras fazem festa, comendo o coco do buriti. Na paisagem, os montes arredondados, subindo e descendo, vão criando e recriando os gerais sem fim. João Rosa, montado na Balalaika, segue anotando as conversas e os casos contados por Manuelzão.

Ele pergunta sobre tudo: de cor de pedra a casca de árvore, de nome de pássaros e bichos a apelidos de gente. Eles riem de tantas perguntas. Rimos todos. Acho que até os bois, lá do jeito deles, devem rir de tantas perguntas. Manuelzão vai adiante da boiada para pedir pousada para os vaqueiros. Um pouco depois, por alguma necessidade, o escritor também sai cavalgando na frente da comitiva. Vai chegar adiante de nós na Fazenda Santa Catarina. Às duas horas da tarde, avistamos a casa-grande.

Os bovinos, cansados e com fome, chegam mugindo muito. Lá, encontramos João Rosa e Manuelzão, elegantes em cima dos cavalos, nos aguardando na frente da fazenda. Contornando a casa, uma grama muito verde se estende por entre árvores até os currais. É difícil tirar os olhos da casa-grande com os morros esverdeados e o céu azul ao fundo. Deixo o flanco da boiada para os vaqueiros mais experientes e vou para a retaguarda. Ao lado, João Rosa vai inventando e esticando conversa com os animais:

– Êh, meu boizinho, tá com fome? Boi forte, bonito!

Chico Moreira comenta com os fazendeiros:

– Hoje o caminho está melhor e o gado mais corajoso.

Três vaqueiros entram no curral para impedir que os bois mais apressados derrubem os mais cansados. Depois de recolhermos o gado, Pedro Mendes vem saudar os vaqueiros. Generoso, manda socar arroz no monjolo e matar um porco para o jantar. Agora é preciso cuidar das montarias e descansar. Os fazendeiros ficam felizes com o pernoite da boiada na fazenda. Depois do jantar vamos para a varanda. Bindoia conta histórias de assombração e se diverte com a importância que João Rosa dá aos casos. Pedro Mendes fala sobre a morte de Antônio Nunes Pedroso, antigo proprietário da fazenda, assassinado naquela região em 1937. Diz que seu espírito costuma aparecer nos terreiros durante a madrugada. Alguns riem, outros pedem respeito, e João Rosa, todo concentrado, anota. Zito se aproxima, curioso:

– O senhor está assinando aí a qualquer bobajada?

João Rosa ri e continua a escrever.

Tarde da noite, vamos dormir no quarto de fora da casa; cada um se arrumando ao seu jeito, menos o João Rosa, que passa essa noite dentro da casa-grande, em quarto assoalhado. A quinta-feira amanhece nublada e fria. O cheiro do mato verde é forte e descansa a alma. Porcos, galinhas, cachorros, e as rolinhas fogo-apagou cantando ao redor da casa; é o som das fazendas. Nos currais, o gado mugindo. Vaqueiros comentam sobre o emagrecimento, a olhos vistos, do gado. Curiosamente, do outro lado da cerca, sete burros nos observam em silêncio. Cumprindo o ritual de todas as manhãs, vamos liberar o gado dos currais. Depois, nos despedimos dos fazendeiros e saímos em direção à Vereda do Catatau.

VEREDA DO CATATAU

Tomamos a estrada e logo nos vemos cercados por um cerrado dos mais fechados. Dos dois lados da estrada, a vegetação baixa ajuda na condução da boiada. As árvores retorcidas dificultam a passagem para as reses fujonas. A paisagem quase plana é enorme e deixa as distâncias ainda maiores, enquanto as nuvens dão a sensação de puxarem a boiada. Levam junto um céu dos mais azuis e curvos.

Chico Moreira aponta para a frente, mostrando as torres brancas de uma igrejinha por entre as árvores, no meio daquele sertão verde. É o arraial do Buritizinho.

– Eta, que as festas daqui são boas – comenta Tião Leite.

Os outros confirmam e contam casos das festas.

Os moradores vêm cumprimentar os conhecidos. Eufóricas, as crianças alegram a chegada da boiada. Alguns vaqueiros descem dos cavalos e entram na igreja. Entre eles está João Rosa. Tomo conta do gado e me sinto importante em cima do cavalo. A parada é rápida e logo Zito toca o berrante, alertando o gado e os homens. O povo aplaude.

– Eh, não suspira, não, que eu vou e volto – diz para os moradores e se diverte com o aplauso.

Retomamos a estrada. Por onde passamos, a paisagem, os pássaros e a imponência dos buritis dão a sensação de pisarmos o Paraíso.

– É o mundo das sucuris também – alertam os vaqueiros.

Imagino logo as cobras enormes escondidas nos matos. Manuelzão e João Rosa entram na Fazenda de Divino Bertholdo, procurando laranjas e fubá. Dali a pouco, eles aparecem na virada de mãos vazias. E João Rosa continua perguntando o que é isso, o que é aquilo. Achego-me em Manuelzão e o vaqueiro comenta, rindo:

– Ele continua a perguntar e tem curiosidade sobre tudo. Já nem faço mais ideia do que responder. Estou inventando nome pra planta e inseto que até nem conheço.

No caminho da Vereda do Catatau surge, no meio da planície, o Morro da Garça. Isolada e imponente, a montanha azulada parece nos acompanhar. Já é quase meio-dia quando aparece a entrada da Fazenda da Benedita, na Vereda do Catatau. Arranchamos e pousamos ali durante a noite. O ritual é o mesmo desde que saímos da Sirga. No dia seguinte, bem cedo, almoçamos e saímos em direção à Fazenda do Riacho das Vacas. O dia é dos mais quentes. O caminho é leve e as chuvas fizeram bem à saúde das montanhas. Uma grama ruiva numa campina muito verde amacia a caminhada. Às onze e quinze paramos para beber água no Riacho das Vacas. Pedras grandes e azuladas formam uma represa natural onde todos vão beber. João Rosa se adianta e, para cada rês que se abaixa, ele puxa uma conversa. No alto de um morro, ao lado do riacho, um cruzeiro chama a atenção da comitiva. Pregados nele, ainda estão um martelo, a torquês, a coroa de arame e quatro cravos. Embaixo de um landim enorme, os vaqueiros estendem os pelegos para um descanso e vão fazer café. Manuelzão e João Rosa alongam conversa todo o tempo. Depois de uma hora, retomamos a caminhada sob o sol quente da tarde.

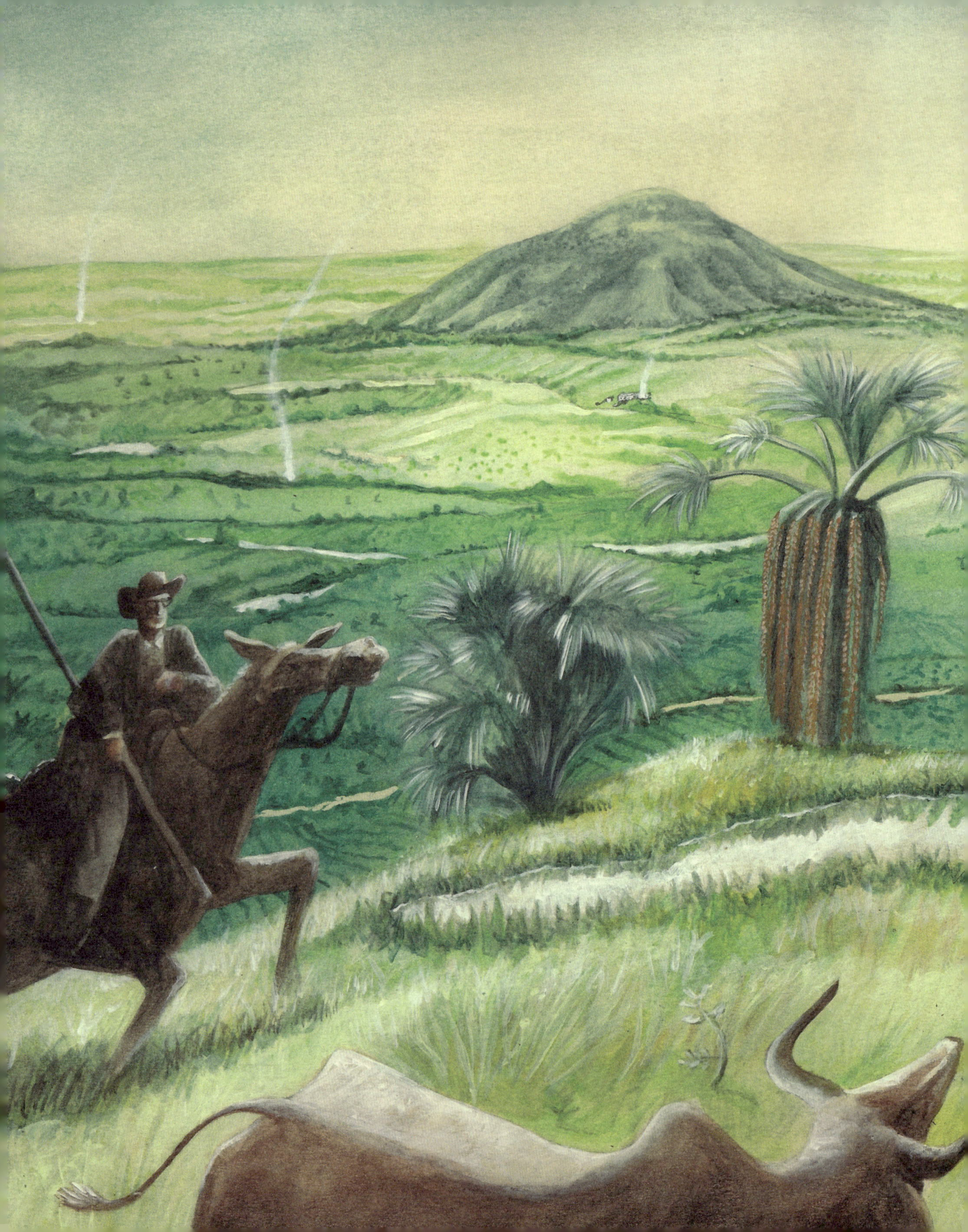

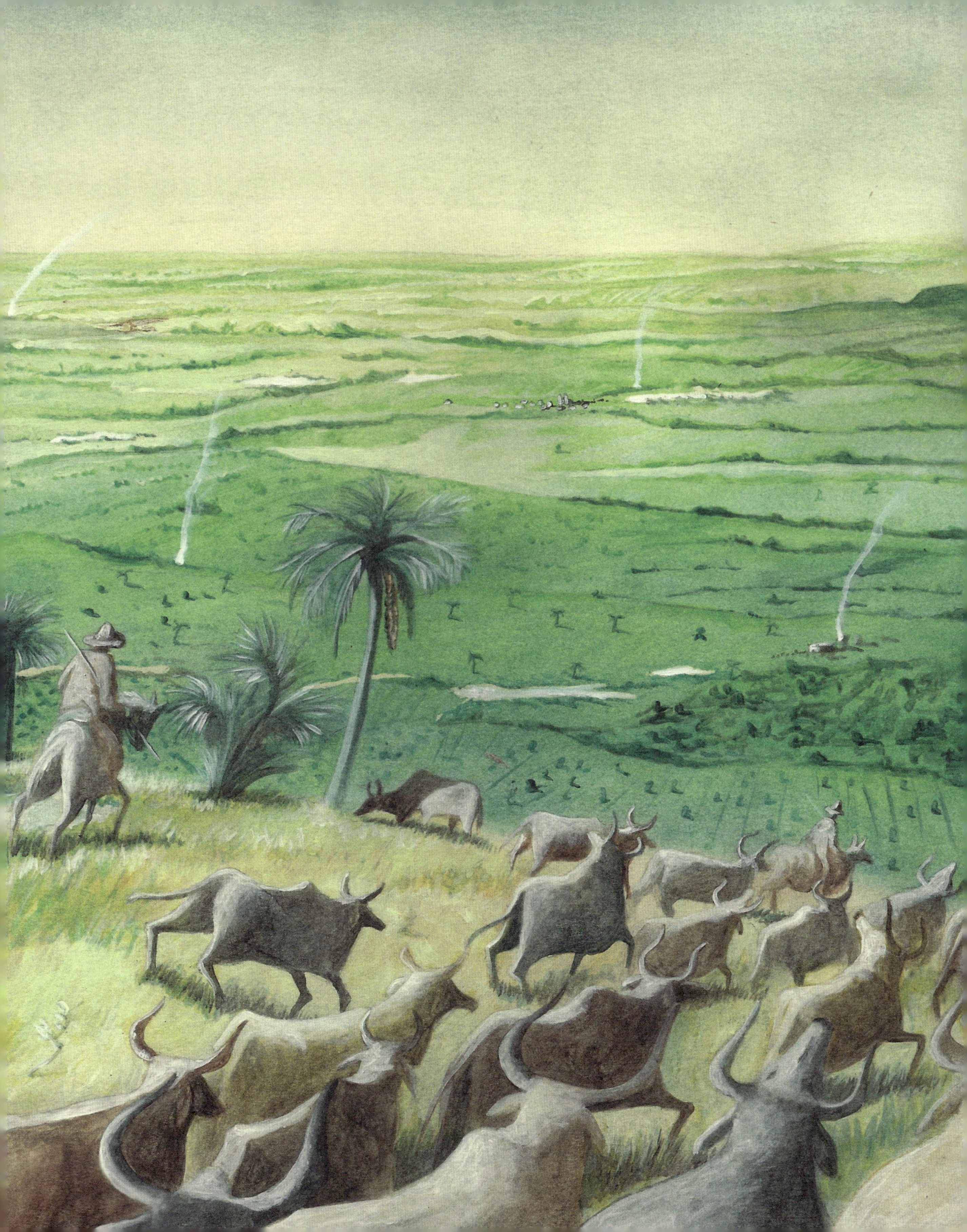

FAZENDA RIACHO DAS VACAS

Percebemos que o gado está cansado, mas temos que continuar para chegar ao destino antes do anoitecer. Os aboios retornam, conduzindo a boiada:

– Ehê, boi!

Outro vaqueiro, mais atrás, repete o refrão:

– Ehê, boi! Tchu! Tchu!

À nossa esquerda, a visão do Morro da Garça hipnotiza. O trecho de hoje é belo e sem cerrados. No meio da estrada, uma cena chama a atenção de todos: alguns animais se desprendem do rebanho para olhar e cheirar uma caveira de boi ao lado do caminho. Um pouco mais adiante, avistamos a Fazenda do Riacho das Vacas. Na cabeceira da boiada, Chico Moreira é recebido por dona Rita e seu filho, conhecido por Preto, os proprietários da fazenda. As saudações partem de todos os lados.

Guardamos o gado nos currais e nos preparamos para o pernoite. O ritual vai se repetindo. Arranchamos no paiol entre ferramentas, selas e madeiras abandonadas. No teto, um capim fino exala um cheiro curioso. Uma coruja solta seu canto repetido. Tento vê-la entre as folhas das árvores, mas, na noite escura, um grupo de vaga-lumes rouba a atenção, voando em todas as direções. No dia seguinte, o almoço servido às seis e meia nos acorda. Às oito horas nos despedimos dos fazendeiros e a comitiva retoma o caminho. Manuelzão negociara algumas cabeças e prosseguimos com cento e noventa e duas cabeças em direção à Fazenda do Meleiro. Diante de nós, um mar de montanhas que não se acaba. Pontilham, aqui e ali, pequenas casinhas e fazendas com seu restinho de gado.

FAZENDA DO MELEIRO

Manuelzão avisa João Rosa que a fazendinha ao pé da montanha é a Brejinho da Serra. A outra é a Buriti das Mulatas, da dona Brígida, conhecida pela beleza e famosa pela ruindade. Enquanto os dois conversam, um martim-pescador passa voando baixo sobre a boiada, interrompendo os pensamentos e os assuntos. Por volta das três horas da tarde, chegamos às ruínas da Fazenda do Meleiro. Cercada por um bonito gramado e recheada de coqueiros, a velha fazenda está caindo. Postada em frente, a cruz recebe os visitantes. Desço do cavalo e acompanho os vaqueiros que desejam conhecer a casa por dentro. Entre os escombros, uma capelinha quase inteira. Dentro dela, no alto, a inscrição do ano de 1859. Estão pintados a cruz, uma lança, uma clava e, dentro da coroa de espinhos, três cravos cruzados. A senzala com as paredes escalavradas e o pelourinho ainda contam histórias. Na cozinha, em meio aos entulhos, permanecem os caixotões para mantimentos. Ao lado, a biquinha ainda escorre água junto do fogão de lenha. Os buracos das fechaduras são enormes.

A casa, telhado caído e caindo, vai virando escombros. O banco da varanda ainda está pregado à parede. Aos poucos, os vaqueiros vão voltando e retomamos a caminhada para a casa da fazenda. Bois e homens estão cansados. Ao chegarmos, as porteiras já estão abertas.

Guardarmos o gado nos currais enquanto os fazendeiros Constantino e Miguel vêm nos cumprimentar. Para todos são servidos arroz, feijão e carne. O angu, via-se, era de vários dias. Os homens retiram a camada grossa da superfície e comem a parte de dentro. João Rosa recusa o angu. Durante o jantar, Bindoia procura assustar o escritor, contando mais histórias de assombração. João Rosa ouve atentamente e se diverte com o vaqueiro.

Manuelzão também sabe muitos casos da região e se dedica a contá-los. Sua fala é mansa e ele conhece a sabedoria das histórias. Quando Manuelzão fala, o escritor silencia. Depois, senta-se voltado para o Morro da Garça e toca a escrever. Na hora de dormir, vamos para a sala da fazenda velha. As paredes estão sujas e escavadas. Voando dentro da casa, aparece um morcego que fazia daquele lugar o seu lar. Ele voa para todos os lados, divertindo uns e assustando outros.

FAZENDA BARREIRO DO MATO

É cedo ainda, mas Zito continua pontual com o almoço: às seis e quarenta estamos almoçando. As manhãs continuam azuis, belas. Um casal de carcarás passa voando baixo, mostrando os bicos vermelhos. O toque-toque dos pica-paus nas árvores e o gado mugindo nos currais nos distraem.

O Morro da Garça marca sua presença na viagem. Ele nos aguarda e vigia. Às sete e quarenta, saímos para o Retiro dos Bravos, na Fazenda da Etelvina. A visão do Morro da Garça divide os vaqueiros. Por todo o dia, a montanha dá a sensação de não sairmos do lugar. Uns se incomodam, outros riem:

– Eta morro enjoado que só! Espia! – alguém reclama.

Manuelzão avisa:

– Vamos pegar muitas cercas até a próxima parada.

Dito e feito! A boiada se acomoda entre as cercas. Fica mais fácil a condução, mesmo que algumas reses se machuquem no arame e nos mourões. Súbito, passam sobre nós dois pássaros enormes. Sebastião de Jesus aponta e diz que são gansos.

– Não são, não! – contesta Tião Leite. – São quenquéns-
-da-lagoa.

Chegamos à ponte do Ribeirão das Almas, perto da Fazenda Canabrava. Chico e Manuelzão decidem atravessar a boiada mais embaixo, pela água. Dividimos os bovinos e um tanto atravessa na parte de cima do riacho; a outra metade, atravessando mais embaixo, recebe a água barrenta provocada pelo tropel dos outros bois. À tarde, chegamos à Fazenda da Etelvina. Soltamos o gado na pastagem e a surpresa acontece: entre a fome e o descanso, as reses se deitam na pastagem preferindo serenar.

Enquanto isso, Manuelzão dá orientações para o pernoite. Mais uma vez, vemos que a casa será pequena para tantos vaqueiros e dormiremos numa casa de engenho. Às cinco horas da tarde, João Rosa aparece barbeado, de banho tomado e roupa trocada. É a primeira vez que isso acontece durante a condução da boiada. O escritor ainda segura uma abóbora e dois ovos, e sorri para os vaqueiros, exibindo os troféus. Eles sorriem e batem palmas. Depois do jantar vem o jogo de truco e as conversas na varanda vão noite adentro. À distância, o Morro da Garça é uma sombra na paisagem noturna. Embora cansados, entramos a contar casos da região.

Dessa vez, João Rosa estava mais pensativo e atento às histórias macabras que Bindoia insistia em contar. Mas ele a tudo silenciava e anotava. Na hora de dormir, nos arranchamos espalhados pela fazenda. Teve vaqueiro se arrumando embaixo de carro de boi e dentro de caminhão estragado. Em cima de um capim avermelhado dormiram outros. João Rosa estendeu o pelego sobre uma fôrma de rapadura, perto de uma fornalha, e ali dormiu. Arranchei-me embaixo de uma mesa grande, ao lado de duas tachas enormes. Foi das noites mais frias desde o início da viagem.

É cedo ainda quando o galo solta seu canto rouco e esticado no terreiro da fazenda. Zito já está lá fora preparando o almoço para as seis e meia. O cardápio, com certeza, será o mesmo de todos os dias: arroz, feijão e carne-seca. João Rosa se aproxima, rindo:

— Ei, menino! Traga sua cuia que o "entalagato" já está pronto.

O escritor passou a chamar assim a comida que o vaqueiro faz desde que saímos da Sirga. Ele está entre os que não suportam mais o cardápio. Por isso, corre de mão em mão uma pequena cuia de cachaça para puxar o apetite.

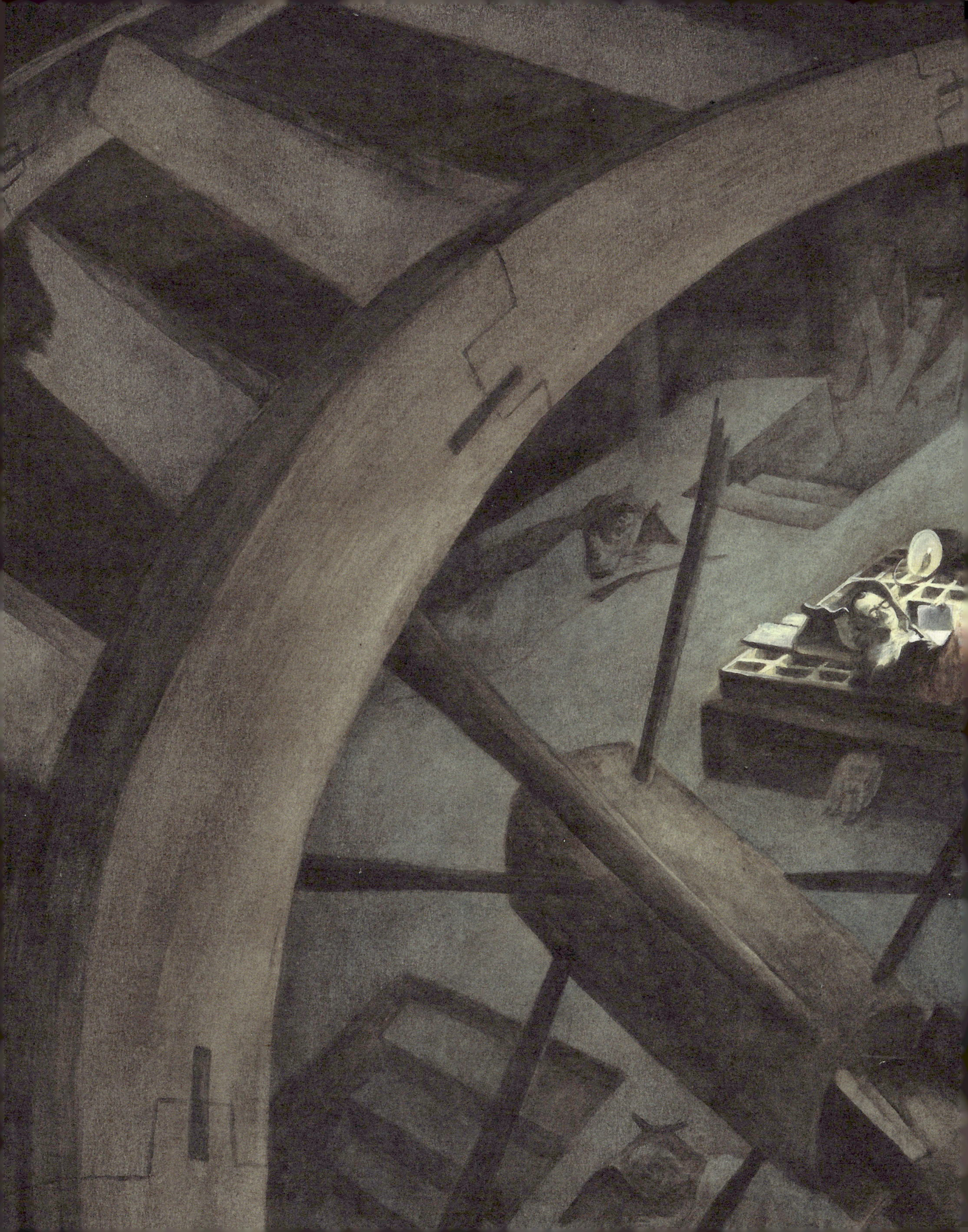

— Depois de um gole dessa cachaça eu como até meu chapéu – diz o Tião Leite, brincando. A risada é geral. Entre risos e conversas sobre o dia de caminhada, alguém dá a notícia de que Regalo, cavalo do Zito, e a mula Balalaika fugiram durante a madrugada. Chico Moreira providencia um burro chamado Canário para João Rosa e uma das bestas de carga para o Zito.

Os fazendeiros se aproximam para as despedidas.

Diante da porteira. Manuelzão açoita o ar com seu chicote, chamando as reses:

— Êh, Maravilha! Cabocla! Vem, Boi Corinto...

O dia foi de atentar para o trote da boiada.

O cansaço vai tornando o gado submisso e magro. Manuelzão chama a atenção:

— Êh, o cavalo do guieiro está entrando pelos matos! Aquiles, veja o que está acontecendo!

Aquiles se adianta e segura o cavalo. O vaqueiro jogara truco até de madrugada e, sem ninguém perceber, cochilara na sela. Por quanto tempo não se sabe.

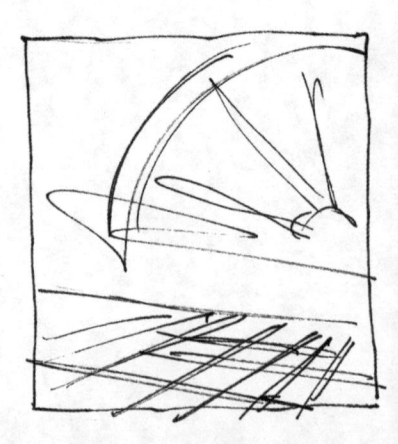

FAZENDA DO JUVENAL

– Isso quer dizer que perdemos a trilha! – diz o Chico Moreira. Manuelzão concorda e reforça que devem procurar a trilha perdida o mais rápido que puderem, para chegarmos à Fazenda Ventania, do Juvenal, antes de escurecer. Pela primeira vez, vejo os vaqueiros enraivecidos. No meio do caminho, alguém vem trazendo a mula Balalaika, e João Rosa retorna à sua montaria inicial. Continuamos apressados para chegar à fazenda do Juvenal antes do anoitecer. Zito e o escritor saem conversando e galopando à frente da boiada, desaparecendo na virada. Às seis e meia, já quase noite, sem parada para o café, chegamos ao Juvenal.

A comitiva está com fome, sede e muito cansada. Enquanto dirigimos o gado para os currais, na frente da casa um menino vigia o arroz secando. Porcos e galinhas andam soltos ao redor.

João Rosa chega à porta da casa e acena para a comitiva. O casal de fazendeiros cumprimenta calorosamente Chico e Manuelzão e os convida para entrar. O pouso para os vaqueiros está acertado que será novamente no paiol de uma só parede. Jantamos na varanda. De lá de dentro ouvimos os casos que João Rosa contava para os fazendeiros.

– Ei, menino!

Alguém me chama lá de dentro da casa. É a voz de Chico Moreira.

– Sente-se aqui do meu lado.

– Licença...

É a sala de uma casa simples. A moça, Antonieta, traz café para mim. Agradeço numa voz quase funda. Os risos pela minha timidez são interrompidos por uma crise de tosse de alguém num dos quartos do andar de cima.

– Tem alguém doente em casa? – João Rosa pergunta.

– É meu irmão que está doente e passa alguns dias conosco – responde o Juvenal.

O escritor pede autorização para ver o rapaz. Juvenal o acompanha até o quarto enquanto, na sala, a conversa continua. Instantes depois, quando João Rosa desce, já tínhamos ido para a cozinha e nos aquecíamos ao redor do fogão de lenha. João Rosa pede a Antonieta que faça um chá de folhas de laranjeira e dê ao rapaz com um comprimido de Cafiaspirina.

— Ele está com sarampo. Mas vai ficar bom em alguns dias – diz o escritor.

Quando entrou na cozinha, vimos que João Rosa mancava um pouco.

— São assaduras; resultado da longa viagem. Acho que preciso de um médico – diz, brincando.

Faz muito frio nessa noite. Por várias vezes, João Rosa se levanta e vai até o fogão para se aquecer. Na parede, uma gaiola com um pássaro do cerrado chamado Cigarra. João Rosa diz ao dono da casa:

— Não é justo que um pássaro como esse, que canta mais bonito que o pintassilgo, esteja preso numa gaiola.

Conversam muito sobre passarinhos e, por volta da meia-noite, o escritor se despede. Pega a lamparina, um copo de água e sobe as escadas.

Fico ouvindo os passos nos degraus, a porta fechando e o ranger da cama. Antonieta se vira para mim e diz:

— Menino, pegue seu pelego e estenda na sala. Está muito frio e você dormirá dentro de casa.

Mais uma vez agradeço.

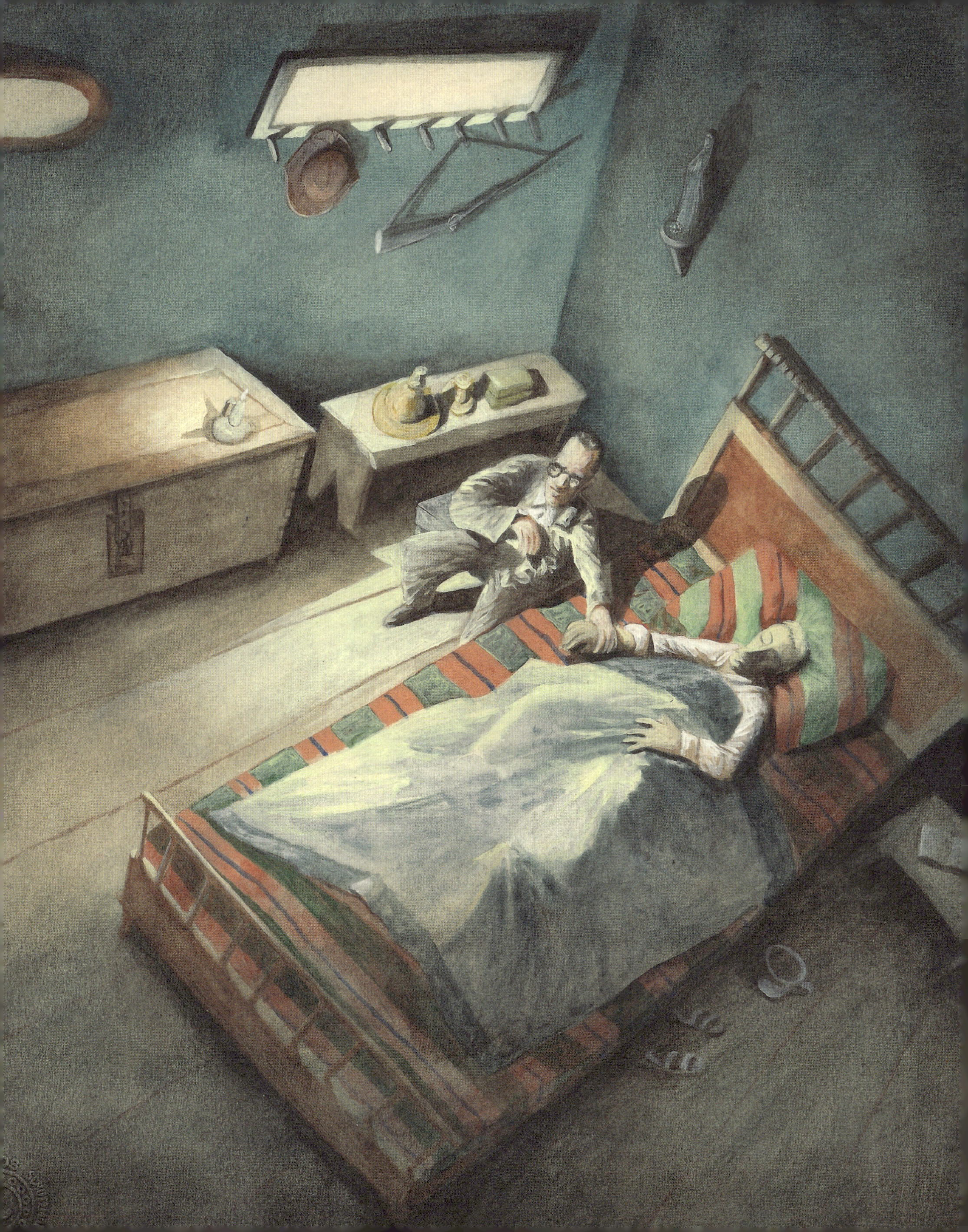

Acordamos às cinco horas do dia seguinte.

Almoçamos o cardápio de sempre e nos preparamos para sair. Lá fora, acontece um pequeno acidente: a vaca Lindoia caíra numa vala e foi preciso que Manuelzão a pegasse pelos chifres enquanto Santana e Aquiles puxavam-na pelo rabo.

Às oito horas saímos da fazenda do Juvenal. O gado demonstra que está cansado e sofrido. Algumas reses mancam. Pegamos a estrada e, um pouco mais à frente, Zito sai galopando. Curioso, pergunto a Manuelzão o que está acontecendo.

— Ele vai à fazenda de José Saturnino, primo de João Rosa, providenciar pousada para esta noite.

Após algum tempo, Zito retorna com a notícia de que o fazendeiro negara o pouso.

Surpresos, Chico Moreira e Manuelzão se aproximam, perguntando os motivos da recusa.

— Ele disse que não quer mais bois porque os currais estão cheios. Mas eu acho que é mentira. Ele está com medo da "afetosa" — responde o vaqueiro. Por causa dessa recusa, teremos de andar mais do que foi planejado. Chico lembra a João Rosa que eles têm parentes em Cordisburgo e que ele pode passar a noite lá e descansar.

57

Mesmo sentindo o castigo do sol na pele despreparada para aqueles sertões, João Rosa recusa a ideia de se afastar da boiada. Manuelzão sorri, satisfeito. Zito retoma a estrada procurando outra fazenda para a pousada daquela noite. Algum tempo depois, volta com a notícia de que o pouso está garantido, mas que, para um jantar melhor, a senhora da fazenda só tem uma galinha velha.

FAZENDA TABOQUINHA

Por volta das quatro horas chegamos à Fazenda Taboquinha. A boiada está cansada e submissa. Colocamos o gado nos currais e vamos cuidar dos cavalos. Também eles demonstram esgotamento.

– A noite de descanso será boa para todos – comenta Santana.

Na hora do jantar, Aquiles aparece com a viola, disposto a animar a comitiva. Bindoia traz seu caderno de versos e a alegria toma conta da noite.

FAZENDA SÃO FRANCISCO

Na manhã do dia seguinte, prosseguimos a caminhada em direção à Fazenda São Francisco, nossa última parada.

Num lugar chamado Toca do Urubu, no Capão do Defunto, Chico Moreira resolve parar a comitiva para conversar com dois homens. Eles apontam para João Rosa, que vinha na retaguarda da boiada. De longe, o escritor percebe a máquina fotográfica nas mãos de um deles e demonstra inquietação.

O homem com a máquina fotográfica caminha na direção dos vaqueiros e se apresenta. Seu nome é Eugênio Silva, e é fotógrafo da revista O Cruzeiro. O jornalista, diz ele, é Álvares da Silva. Querem nos entrevistar e fotografar para uma reportagem sobre a condução daquela boiada. Eugênio parece conhecer o temperamento esquivo do escritor e vem com a máquina preparada. Primeiro, ele se aproxima conversando com um e outro e vem se chegando.

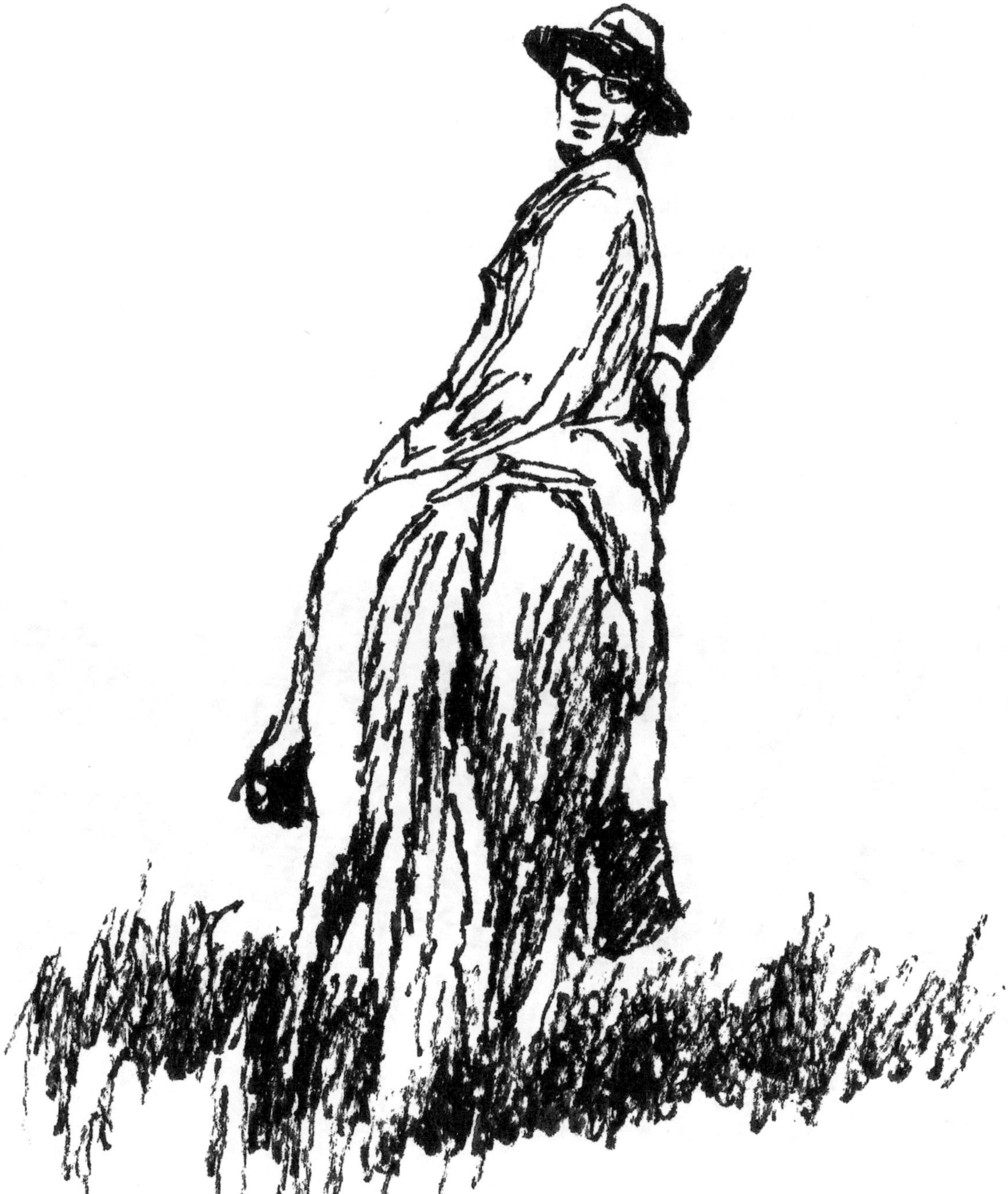

Afastado de todos, cuido do gado e assisto à cena. Álvares conversa com o escritor enquanto Eugênio pede para que os vaqueiros não desçam dos cavalos. A máquina vai registrando cada um dos vaqueiros. Riem muito, divertem-se com aquele encontro. É o prêmio para as últimas horas da boiada.

Retomamos nossa caminhada atravessando o Capão do Defunto em direção aos currais da Fazenda São Francisco. As porteiras vão se abrindo à nossa aproximação. São os últimos aboios se misturando com o berrante do Zito na festa da chegada.

Incomodado, o gado muge com mais um aperto. Também eles só querem descansar. Da montaria salto para a cerca do curral e acompanho Santana na última contagem do gado.

Vou nomeando os bois e me despedindo:

– Êh, adeus, Boi Presidente, Capitão, Fubá, Boi Bonito, Açucena, Ápis, Urucuia, Tal e Qual, Cantora, Tarzã, Namorado, Boi Bumbá, Boi Acordado, Assombrado, Boi das Sete, Marciano, Salvadora, Mandante, Corinto, Sol e Lua, Cabocla, Ventania, Generoso, Madrugada, Coração, Vaca Amarela, Bandoleiro...

Antes de a última rês passar pela porteira, já se ouvem os vaqueiros se cumprimentando e comemorando o fim de mais uma boiada. A tarde é de cuidados com as montarias, descanso e comemoração, e a noite, de mais histórias e despedidas.

Na sexta-feira, o céu amanhece azul como em todos os dias da viagem. Zito convida Manuelzão, eu e Bindoia para irmos com ele para a casa de seu pai, em Araçaí; na frente da casa, um jipe aguarda João Rosa para levá-lo à estação de trem, em Cordisburgo. De lá, ele seguiria no trem da Central do Brasil para o Rio de Janeiro. Quando chego à porta da casa, o escritor já se despediu dos vaqueiros. De dentro do automóvel, que já vai fazendo a curva, ele segue acenando.

O jipe passa a porteira, levantando uma nuvem alta de poeira que encobre toda a estrada. Voltaremos pela mesma estrada que leva ao Capão do Defunto, onde tem a Toca dos Urubus. Passaremos na estrada da Gruta do Maquiné; acenaremos para o Retiro dos Bravos. Atravessando o riacho das pedras azuladas, teremos novamente a companhia do Morro da Garça. Passaremos pela torre branca da igreja do Buritizinho e tomaremos da água mais pura das veredas. Veremos os buritis mais floridos, o Riachinho da Fazenda Tolda e os zebus de chifres enluarados. E, por último, chegaremos à Sirga, lá no meio do longe dos gerais, naquele princípio de mundo.

Depoimento do autor

João Guimarães Rosa montado na mula Balalaika acompanhando uma boiada nos confins do sertão mineiro – essa imagem era preciosa demais e não me saía da cabeça. Certo dia, senti que a imagem se transformara numa ideia e inquietava minha mente de tal maneira que parecia ter adquirido vida própria. As ideias começaram a vir em quantidade e desordenadamente. Acima de tudo, a vontade de desenhar o sertão mineiro era muito forte. Enquanto leitor, procurei entender a importância desse escritor para mim. E, é claro, a capacidade de Rosa como criador de imagens foi fundamental para as ilustrações que eu desejava fazer. Durante as pesquisas, sempre tinha à mão lápis e canetas nanquim para os rascunhos. Foram mais de duzentos desenhos. Devido a tantas imagens é que esta edição está recheada de estudos, esboços e anotações visuais. A história eu escrevia aleatoriamente, acumulando informações, até que, durante as pesquisas, encontrei uma entrevista do vaqueiro Zito, na qual ele afirma que um menino havia acompanhado a boiada e não havia sido citado na reportagem da revista O Cruzeiro.

Essa informação foi suficiente para que eu organizasse o relato da condução da boiada segundo a visão de um personagem anônimo: um menino de aproximadamente nove anos.

Posteriormente, obtive a confirmação desse depoimento do Zito com Sebastião de Morais Leite, o Tião Leite, último dos vaqueiros ainda vivo em 2003. Tião Leite não só confirmou a informação da presença do menino como revelou que ele se chamava Nilson e era filho de Manuelzão. Ocorre que, na Vereda da Ponte Firme, Nilson retorna à Fazenda Sirga com os vaqueiros Quim e Levindo. Portanto, havia pelo menos um outro menino que, segundo o depoimento do vaqueiro Zito, acompanhou a boiada até o município de Araçaí. Naquele momento, encontrei o personagem que, anonimamente, me ajudaria a contar e desenhar esta história.

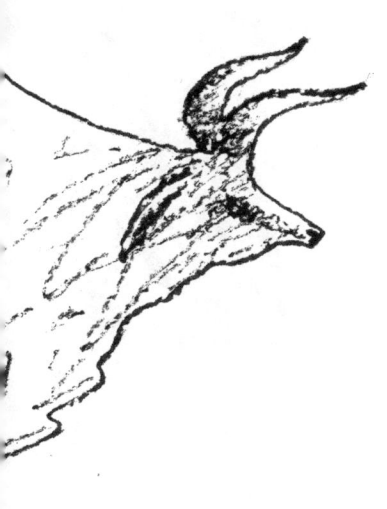

Pesquisas

Museu Casa Guimarães Rosa. Cordisburgo - MG

Arquivo Público Mineiro. Belo Horizonte - MG

Biblioteca Municipal Professor Luiz de Bessa. Belo Horizonte - MG

Hemeroteca Pública de Minas Gerais. Superintendência de Bibliotecas do Estado de Minas Gerais. Belo Horizonte - MG

Cidade de Morro da Garça - MG

Fazenda Tolda, Três Marias - MG

Fazenda Santa Catarina, Três Marias - MG

Fazenda Sirga, Três Marias - MG

Buritizinho - MG

Museu Manuelzão. Andrequicé, Três Marias - MG

Instituto de Estudos Brasileiros da Universidade de São Paulo

Documentos consultados

Arquivo João Guimarães Rosa. Pasta E 27 (1). Título: Boiada. IEB-USP, SP

Arquivo João Guimarães Rosa. Pasta E 27 (2). Título: Boiada. IEB-USP, SP

Arquivo João Guimarães Rosa. Pasta E 28. Título: Boiada. IEB-USP, SP

Arquivo João Guimarães Rosa. Pasta E 29. Título: Boiada ii. 19. v. 52. IEB-USP, SP

Mapa do Município de Corinto. svop 212 – Map 3 – 1939. Arquivo Público Mineiro, Belo Horizonte - MG

Mapa do Município de Curvelo. svop 214 – Pasta 6 – Map 3 – 1939. Arquivo Público Mineiro, Belo Horizonte - MG

Mapa do Município de Cordisburgo. svop 196 – Pasta 8 – Map 2 - 1939. Arquivo Público Mineiro, Belo Horizonte - MG

Mapa do Município de Sete Lagoas. svop 118 - Pasta 13 - Map 3 - 1939. Arquivo Público Mineiro, Belo Horizonte - MG

Reportagens

Cláudia Cavalcanti (texto) e Manoel Novaes (foto), "O fabuloso Manuelzão". Folha de S. Paulo, Caderno Mais!, 26 jul. 1992.

José Rezende Júnior (texto) e Raimundo Paccó (fotos), "O sertão virou carvão". Correio Braziliense, Caderno Dois, 26 mai. 1996.

José Rezende Júnior (texto) e Raimundo Paccó (fotos), "Sertão de ontem – O contador de causos". Correio Braziliense, Caderno Dois, 26 mai. 1996.

José Rezende Júnior (texto) e Raimundo Paccó (fotos), "Sertão de hoje – Sem vereda, só carvão". Correio Braziliense, Caderno Dois, p. 3, 26 mai. 1996.

Maurício Melo Júnior, "Guimarães Rosa – Inventor da escrita". Correio Braziliense, Caderno Dois, p. 4, 26 mai. 1996.

Luiz Alberto Weber, "Diplomata erudito e texto visceral". Correio Braziliense, Caderno Dois, p. 4, 26 mai. 1996.

Álvares da Silva (texto) e Eugênio Silva (fotos), "Um escritor entre seus personagens". O Cruzeiro, Rio de Janeiro, 21 jun. 1952.

Fernando Granato, "Entre os vivos e os mortos". Estado de Minas, Caderno Em Cultura, 21 abr. 2002.

Fernando Granato, "Memórias do sertão ii". Estado de Minas, Caderno Em Cultura, 22 abr. 2002.

Fernando Granato, "Encantamento com os detalhes". Estado de Minas, Caderno Em Cultura, 23 abr. 2002.

Fernando Granato, "Histórias de assombração". Estado de Minas, Caderno Em Cultura, 22 abr. 2002.

Livros e artigos de João Guimarães Rosa

"Uma história de amor (Festa de Manuelzão)", in Manuelzão e Miguilim. Coleção Corpo de Baile. Rio de Janeiro: José Olympio, 1977.

"O burrinho pedrês", "A volta do marido pródigo", "São Marcos", in Sagarana. Rio de Janeiro: Record/Altaya, 1995.

"A terceira margem do rio", "Sequência", "Nenhum, nenhuma", "Um moço muito branco", "Luas de mel", "Os irmãos Dagobé", in Primeiras histórias. Rio de Janeiro: Nova Fronteira, 2001.

"Os três homens e o boi", "Lá, nas campinas", in Tutameia. Rio de Janeiro: Nova Fronteira, 2001.

"O recado do morro", No Urubuquaquá, no Pinhém. Rio de Janeiro: Nova Fronteira, 1984.

Agradecimentos

À família de Eugênio Silva, Brazinha, Lúcia, Virgínia, Jonatás, Fernando Granato, Tião Leite, Adriana Nardy, dona Didi, Milce Vieira, Afonso Gabriel, Geraldo Afonso, Betânia, Wilson Mendes, dona Terezinha, Wilber, Carlos Avelin, José Rezende Júnior, Prefeitura de Morro da Garça, Prefeito José Maria e Fátima, Adílson, Professor Erlânio, Acervo da família Boaventura, Antônio Boaventura, IEB-USP.

Fazenda Chica
Fazenda Tolda
Sumidouro
Córrego da Tolda
Ponte Firme
Vereda Comprida
Emborcna
Andrequicé
Córrego do Catingão
Ribeirão do Boi
Rio São Francisco
Córrego Frio
Fazenda Santa Catarina
Cercado
Vereda do Cata
Bom Retiro
Fazenda Riacho das Vacas
Córrego Barreiro Grande
Genipapo
Riacho das Vacas
Paiol
Quebra Perna
Saco dos Bois
Pastinho
Meleiro
Rio Paraopeba
Tiririca
Saco Velho
Mulat
Choro
Almas

Map

- Zaneiro
- Inhosinho
- Pilões
- Córrego da Extrema
- Córrego Fundo
- Saltinho
- Capão da Ema
- Capim Puba
- Morro da Garça
- Pindaíba
- Vargem Grande
- Picão
- Rio das Velhas
- Córrego do Picão
- Córrego da Fazenda
- Espigão
- Córrego da Torna
- Fundo do Saco
- Volta Grande
- Saco Novo
- Cupim
- Monteiro ou Morães
- Córrego da Fome
- ...reiro do Mato
- Fazenda do Juvenal
- ...riti da Cachoeira
- Cordisburgo
- Taboquinha
- São Tomé
- Ribeirão do Onça
- Capão do Defunto
- Araçaí

@do texto e das ilustrações: Nelson Cruz (2023)

Editor: Zeco Montes
Projeto gráfico: Nelson Cruz e Raquel Matsushita
Diagramação: Entrelinha Design
Assistente editorial: Janette Tavano
Preparação e revisão de texto: Véra Maselli

1ª edição Cosac Naify, 2004
2ª edição ÔZé Editora, 2023

Dados Internacionais de Catalogação na Publicação (CIP)
(Câmara Brasileira do Livro, SP, Brasil)

Cruz, Nelson
　No longe dos gerais: a história da condução de uma boiada no interior de Minas Gerais no ano de 1952 / Nelson Cruz; [ilustrações do autor]. – 2. ed. – São Paulo: ÔZé Editora, 2023.

　ISBN 978-65-89835-40-0

　1. Contos - Literatura infantojuvenil I. Título.

23-175817　　　　　　　　　　　　　　CDD-028.5

Índices para catálogo sistemático:
　1. Contos : Literatura infantil 028.5
　2. Contos : Literatura infantojuvenil 028.5
Eliane de Freitas Leite – Bibliotecária – CRB 8/8415

Todos os direitos reservados
ÔZé Editora e Livraria Ltda.
Rua Conselheiro Carrão, 420 - Bixiga
CEP: 01328-000 - São Paulo - SP
Tel: (11) 2373-9006 contato@ozeeditora.com
www.ozeeditora.com
Impresso no Brasil / 2023

O livro *No longe dos Gerais* foi composto no Estúdio Entrelinha Design, com a tipografia Officina Sans, impresso em papel pólen bold 90g, em novembro de 2023.